D0096615

Madame
BEAUTÉ

Collection MADAME

1 MADAME AUTORITAIRE
2 MADAME TÊTE-EN-L'AIR
3 MADAME RANGE-TOUT
4 MADAME CATASTROPHE
5 MADAME ACROBATE
6 MADAME MAGIE
7 MADAME PROPRETTE
8 MADAME INDÉCISE
9 MADAME PETITE
10 MADAME TOUT-VA-BIEN
11 MADAME TINTAMARRE
12 MADAME TIMIDE
13 MADAME BOUTE-EN-TRAIN
14 MADAME CANAILLE
15 MADAME BEAUTÉ
16 MADAME SAGE
17 MADAME DOUBLE
18 MADAME JE-SAIS-TOUT
19 MADAME CHANCE
20 MADAME PRUDENTE

21 MADAME BOULOT
22 MADAME GÉNIALE
23 MADAME OUI
24 MADAME POURQUOI
25 MADAME COQUETTE
26 MADAME CONTRAIRE
27 MADAME TÊTUE
28 MADAME EN RETARD
29 MADAME BAVARDE
30 MADAME FOLLETTE
31 MADAME BONHEUR
32 MADAME VEDETTE
33 MADAME VITE-FAIT
34 MADAME CASSE-PIEDS
35 MADAME DODUE
36 MADAME RISETTE
37 MADAME CHIPIE
38 MADAME FARCEUSE
39 MADAME MALCHANCE
40 MADAME TERREUR

Mr. Men   Little Miss

Madame
BEAUTÉ

Roger Hargreaves

hachette
JEUNESSE

Rien n'était assez beau pour madame Beauté.

Elle vivait dans une superbe maison
entourée d'un immense jardin.
Elle dormait dans un magnifique lit
entre des draps de soie.
Elle prenait son bain dans une baignoire en or.
Elle mangeait dans des assiettes en argent.

Et elle, elle était une beauté.

Du moins le pensait-elle.
Car madame Beauté pensait beaucoup à elle.

Mieux encore : elle ne pensait à rien d'autre qu'à elle!

Ce jour-là,
madame Beauté se promenait
dans son immense jardin
quand elle passa près d'une petite porte.

Elle ne l'avait encore jamais remarquée.

– Qu'y a-t-il de l'autre côté? se demanda-t-elle.

Et elle poussa la petite porte.

Elle se retrouva sur une route.

Sur cette route,
monsieur Petit faisait une petite promenade.

– Bonjour, dit-il fort poliment en soulevant son chapeau.

Madame Beauté pinça la bouche,
releva très haut le nez
et fit comme si elle ne l'avait pas vu.

« Quel monsieur insignifiant », pensa-t-elle.

Peu après, elle approcha d'un arrêt de bus.

Monsieur Heureux et monsieur Rêve attendaient ensemble pour se rendre en ville.

– Bonjour, dit monsieur Heureux tout sourire. Qui êtes-vous ?

– Madame Beauté ! répondit-elle avec fierté.

– Ah bon, dit monsieur Heureux.

– Vous allez prendre le bus avec nous?
demanda monsieur Rêve.

– Moi? Le bus?

Madame Beauté prit un air dégoûté.

– M'asseoir à côté de n'importe qui! Plutôt mourir!

– Ah bon, bredouilla monsieur Heureux
qui ne trouva rien d'autre à répliquer.

Madame Beauté passa son chemin
en relevant très très haut le nez.

Madame Beauté arriva en ville.
Elle s'admira dans toutes les vitrines.

« Je dois avouer, pensait-elle,
que je suis une vraie beauté ! »

Soudain quelque chose attira son attention.

C'était, au beau milieu
de l'étalage de la modiste, un chapeau.

Mais pas n'importe quel chapeau.

C'était le plus grand, le plus beau,
le plus superbe, le plus magnifique,
le plus exceptionnel, le plus merveilleux,
le plus désirable de tous les chapeaux du monde !

Madame Beauté entra dans le magasin.
Elle claqua des doigts et une vendeuse accourut.

– Bonjour, madame.

Madame Beauté ne répondit rien.

– Que désirez-vous, madame?

– Essayer le chapeau de la vitrine!

Madame Beauté se regarda dans la glace.

– Magnifique! s'extasia-t-elle.

Je suis merveilleusement magnifique!
Magnifiquement merveilleuse!

Je le prends!

– Il coûte... dit la vendeuse.

– Peu m'importe le prix!
l'interrompit sèchement madame Beauté.
Envoyez-moi la facture!

Et elle sortit du magasin.

Elle s'arrêta au bord du trottoir et leva la main.

– Taxi! cria-t-elle.

Un taxi s'arrêta.

– Chez moi! ordonna-t-elle au chauffeur.

Elle voulut prendre place, mais, bien sûr, elle ne le put.
Son merveilleux chapeau tout neuf
ne passait pas par la portière!

– Monsieur, dit-elle, il faut vous acheter un autre taxi.

En attendant, j'irai à pied.

Le chauffeur eut un sourire moqueur.

Madame Beauté s'éloigna en prenant de grands airs.

« Finalement, je préfère marcher, pensa-t-elle.
Ainsi chacun pourra admirer mon merveilleux chapeau ».

Mais tout à coup...

... la pluie commença à tomber.

L'ennui, c'est qu'elle continua de tomber.

Et plus il pleuvait,
plus madame Beauté se faisait mouiller.
Et plus elle se faisait mouiller,
plus son chapeau se faisait mouiller.

Quel affreux spectacle, n'est-ce pas?

Le bus, qui revenait de la ville, la doubla.

Monsieur Heureux et monsieur Rêve,
bien à l'abri et bien au sec, regardaient par la fenêtre.
Ils virent madame Beauté qui se hâtait sous la pluie.

– Je rêve! s'exclama monsieur Rêve

– Je ris! ajouta monsieur Heureux.
Ha! Ha! Ha! quel beau spectacle!

Madame Beauté arriva chez elle,
trempée jusqu'aux os,
le nez baissé sous son chapeau tout déformé.

Cependant, après un bon bain dans sa baignoire en or,
un bon gâteau dégusté avec une petite cuillère en argent,
elle se sentit nettement mieux.

Elle passa même une fin d'après-midi délicieuse.

A ton avis, que fit-elle?
Elle regarda la télévision?

Oh, non! Pas elle!

Elle...

... se regarda dans son miroir!

RÉUNIS VITE LA COLLECTION ENTIÈRE
DE **MONSIEUR MADAME...**

... UNE FRISE-SURPRISE APPARAÎTRA !

hachette
JEUNESSE

Dépôt légal : Décembre 2009
ISBN : 978-2-01-224834-2 - Édition 09
Loi n° 49-956 du 16 juillet 1949 sur les publications destinées à la jeunesse.
Imprimé et relié en France par I.M.E.